COLLECTION

DE

M. MARMONTEL

HOMO

VENTE A L'HOTEL DROUOT

LES 25 ET 26 JANVIER 1883

COLLECTION

DE

M. MARMONTEL

COMMISSAIRE-PRISEUR	EXPERT
Mᵉ GEORGES BOULLAND	M. H. BRAME
26, rue des Petits-Champs, 26	36, Bd des Italiens, et rue Taitbout, 47

CHEZ LESQUELS SE TROUVENT :

les Catalogues de vente, les Cartes d'entrée aux expositions et les Catalogues illustrés sur papier de Hollande.

CONDITIONS DE LA VENTE

Elle sera faite au comptant.

Les adjudicataires payeront *cinq pour cent* en sus des enchères.

Paris. — Imprimerie de l'Art, J. Rouam, 41, rue de la Victoire.

CATALOGUE

DES

AQUARELLES

ET

DESSINS

DES MAITRES ANCIENS ET MODERNES

ŒUVRES IMPORTANTES ET DE PREMIER ORDRE

COMPOSANT LA

COLLECTION DE M. MARMONTEL

DONT LA VENTE AURA LIEU

HOTEL DROUOT, SALLE N° 8

Les Jeudi 25 et Vendredi 26 Janvier 1883

A DEUX HEURES ET DEMIE

Par le Ministère de Me GEORGES BOULLAND, commissaire-priseur
26, rue des Petits-Champs, 26

Assisté de M. H. BRAME, expert
36, boulevard des Italiens, et rue Taitbout, 47

EXPOSITIONS

PARTICULIÈRE	PUBLIQUE
Le Mardi 23 Janvier 1883	Le Mercredi 24 Janvier 1883
DE UNE HEURE 1/2 A CINQ HEURES 1/2	DE UNE HEURE 1/2 A CINQ HEURES 1/2

M. MARMONTEL

Parmi les vrais collectionneurs, il faut compter et classer aux premiers rangs le célèbre professeur Marmontel, une des gloires du Conservatoire.

M. Marmontel a fait sa réputation de musicien en caressant tous les arts à la fois. Pendant qu'il justifiait son talent en le communiquant à d'autres, qui s'appellent Jules Cohen ou Bizet, il se délassait de la musique par la peinture.

Amateur distingué, doué d'un goût fin et délicat, après vingt années de recherches, il est parvenu à rassembler une collection de dessins où les maîtres anciens et modernes sont représentés.

La vie de M. Marmontel a été accidentée : un jour, dans une excursion aux Pyrénées, il roula sur des rochers et faillit périr. Mais pour atteindre les sommets de l'art, son talent et son goût lui permirent de marcher d'un pas sûr et d'éviter les chutes.

Contemporain et ami des Delacroix, Rousseau, Corot, Millet, Diaz et de tous les maîtres de l'école moderne, il a formé une superbe collection de tableaux et en même temps il a su réunir un ensemble merveilleux de dessins anciens et modernes.

Son éclectisme en art le portait à rechercher le beau sans distinction ni parti pris, et partout où il le rencontrait, il s'en rendait acquéreur.

C'est sa collection de dessins, si unique et si complète, si laborieusement formée pendant vingt ans, qui va passer en vente.

Il suffit de citer, parmi l'école moderne, les noms de Rousseau, Millet, Delacroix, Barye, Troyon, Corot, Decamps, Gustave Moreau, Meissonier, Ingres, Bellangé, Henri Regnault, etc., etc.; dans l'école ancienne, ceux de Boucher, Fragonard, Prud'hon, Rembrandt, Claude Lorrain, Latour, Chardin, Clouet, Lagneau, Mallet, etc.; toutes œuvres importantes et de premier ordre, pour donner l'idée d'un ensemble des plus remarquables où ne figurent pas moins de trois cents dessins.

Les expositions mettront les amateurs à même d'apprécier l'importance de cet évènement artistique. Du reste, le cas de M. Marmontel est particulier. En art, il est bigame, c'est-à-dire qu'il a deux collections également belles, également aimées.

Il résulte de cette situation qu'en se séparant de l'une, il se consacre davantage à l'autre et ne demeure pas le veuf inconsolable d'une collection perdue.

A. de Saint-Albin.

DÉSIGNATION

ANDRIEUX

1 — *Départ du pompier pour la revue.*

Aquarelle.

Haut., 21 cent.; larg., 29 cent.

AUBIN

(G. DE SAINT-)

2 — *La Déclaration.*

Aquarelle.

Haut., 20 cent.; larg., 13 cent.

AUBIN

(G. DE SAINT-)

3 — *La Famille.*

Dessin au crayon.

Haut., 15 cent.; larg., 13 cent

AUBIN

(G. DE SAINT-)

4 — *La Perquisition.*

Dessin à la plume.

Haut., 24 cent. larg., 19 cent.

AVERCAMP

(H. VAN)

5 — *La Rentrée des pommes de terre.*

Dessin à la plume.

Haut., 17 cent.; larg., 25 cent.

BAKHUYSEN

6 — *Marine.*

Dessin.

Haut., 25 cent.; larg., 35 cent.

BARDIN

7 — *L'Enlèvement des Sabines.*

Dessin rehaussé de blanc.

Haut., 64 cent.; larg., 1 m. 30 cent.

BARDIN

8 — *Les Sabines se précipitant au milieu des Romains et des Sabins pour empêcher le combat.*

Dessin rehaussé de blanc.

Haut., 64 cent.; larg., 1 m. 30 cent.

BARBIERI

9 — *Moine en prière.*

Dessin à la plume.

Haut., 25 cent.; larg., 20 cent.

BARYE

10 — *Biches couchées au pied d'un arbre.*

Aquarelle

Haut., 14 cent. 1/2; larg., 16 cent. 1/2.

BARYE

11 — *Tigre royal.*

Aquarelle.

Haut., 22 cent.; larg., 28 cent

BARYE

12 — *Éléphant couché.*

Aquarelle.

Haut., 26 cent.; larg., 37 cent.

BELANGER

(L.)

(1783)

13 — *Vue du château de Saint-Cloud* (?).

Aquarelle.

Haut., 37 cent.; larg., 51 cent.

BELLANGÉ

(H.)

14 — *Soldats et Mendiants.*

Aquarelle.

Haut., 30 cent.; larg., 38 cent.

BELLANGÉ

(H.)

15 — *Le Retour du troupier.*

Aquarelle.

Haut., 29 cent.; larg., 22 cent.

BELLANGÉ

(H.)

16 — *Le Vieillard et ses Petits-Enfants.*

Aquarelle.

BELLANGÉ

(H.)

17 — *Les Blessés.*

Sépia.

BENOUVILLE

18 — *Une Mariée d'Arpin.*

Dessin au crayon.

Haut., 28 cent.; larg., 18 cent. 1/2.

BERGHEM

19 — *Paysage et Animaux.*

Dessin.

Haut., 26 cent.; larg., 20 cent.

BIDA

20 — *Le Peintre.*

Dessin.

Cadre ovale. Haut., 42 cent.; larg., 31 cent.

BIDA

21 — *Albanais.*

Dessin au crayon rehaussé de blanc.

Haut., 39 cent.; larg., 31 cent

BIDA

22 — *Alfred de Musset chez Rachel.*

Dessin.

Haut., 22 cent.; larg., 16 cent.

BLOCKHAUWER

(H.)

23 — *Sous bois; cerf aux écoutes.*

Dessin à la plume.

Haut., 13 cent.; larg., 17 cent. 1/2

BOILLY

24 — *La Laitière.*

Dessin rehaussé de blanc.

Haut., 24 cent.; larg., 31 cent.

BOISSIEU

25 — *Paysage animé.*

Dessin au crayon.

Haut., 26 cent.; larg., 38 cent.

BOISSIEU

26 — *Paysage animé.*

Dessin au crayon.

Haut., 26 cent. ;larg., 38 cent.

BOISSIEU

27 — *Paysage.*

Dessin au crayon.

Haut., 10 cent.; larg., 17 cent.

BOISSIEU

28 — *Le Vieillard.*

Dessin à la plume à l'encre de Chine (1779).

Haut., 23 cent.; larg., 17 cent.

BONHEUR

(R.)

29 — *Étude de cheval.*

Sanguine.

Haut., 18 cent.; larg., 25 cent.

BONHEUR

(R.)

30 — *Biches.*

Dessin au crayon.

Haut., 14 cent.; larg., 25 cent.

BONNINGTON

31 — *Marine.*

Aquarelle.

Haut., 9 cent.; larg., 15 cent. 1/2.

BONNINGTON

32 — *Pêcheur écossais.*

Aquarelle.

BONVIN

33 — *Sous bois.*

Aquarelle.

Haut., 26 cent.; larg., 20 cent.

BONVIN

34 — *Massif de fleurs.*

Aquarelle.

Haut., 25 cent. 1/2; larg., 19 cent.

BONVIN

(F.)

35 — *Religieuse.*

Dessin.

Haut., 37 cent.; larg., 25 cent.

BONVIN

(F.)

36 — *Religieuses au couvent.*

Aquarelle.

Haut., 31 cent.; larg., 42 cent

BONVIN

(F.)

37 — *Le Déjeuner.*

Aquarelle.

Haut., 30 cent.; larg., 24 cent.

BOUCHER

(F.)

38 — *Jeune Femme couchée.*

Dessin aux trois crayons.

Haut., 24 cent.; larg., 34 cent.

BOUCHER

(F.)

39 — *Jeune Femme battue par l'Amour.*

Dessin aux trois crayons.

Haut., 34 cent.; larg., 33 cent.

BOUCHER

(F.)

40 — *Jeune Femme couchée.*

Dessin aux trois crayons.

Haut., 33 cent.; larg., 45 cent.

BOUCHER

(F.)

41 — *Amour.*

Dessin au crayon rouge.

Haut., 27 cent.; larg., 37 cent.

BOUCHER

(F.)

42 — *La Nativité.*

Dessin au crayon noir.

Haut., 18 cent.; larg., 13 cent.

BOUCHER

(F.)

43 — *Buste de jeune femme.*

Dessin aux trois crayons.

Haut., 21 cent.; larg., 16 cent.

BOUCHER

(F.)

44 — *Projet de fontaine.*

Crayon.

Haut., 35 cent.; larg., 22 cent.

BOUCHER

(F.)

45 — *Tête de jeune fille.*

Crayon rehaussé.

Haut., 10 cent.; larg., 15 cent.

BOUCHER

(F.)

46 — *Tête de femme penchée.*

Dessin rehaussé.

Haut., 16 cent.; larg., 20 cent.

BOUCHER

(F.)

47 — *Buste de jeune femme.*

Crayon rehaussé.

Haut., 34 cent.; larg., 24 cent.

BOUCHER

(F.)

48 — *L'Amour vainqueur.*

Sépia.

Haut., 22 cent.; larg., 27 cent.

BOUCHER

(F.)

49 — *La Danse.*

Dessin.

Haut., 34 cent.; larg., 21 cent. 1/2.

BOUCHER

(F.)

50 — *Les Jeunes Peintres.*

Dessin.

Haut., 13 cent.; larg., 26 cent.

BOUCHER

(F.)

51 — *Laveuses; paysage.*

Dessin au crayon.

Haut., 22 cent.; larg., 27 cent.

BOUQUET

(M.)

52 — *Paysage au bord de l'eau.*

Aquarelle.

Haut., 30 cent.; larg., 48 cent.

BREUGHEL

53 — *Paysage et figures.*

Double face.

Aquarelle.

Haut., 5 cent.; larg., 9 cent.

BRONZINO

54 — *La Sainte Famille.*

Haut., 12 cent.; larg., 10 cent. 1/2

BRUANDET

(L.)

55 — *Paysage.*

Aquarelle.

Haut., 45 cent.; larg., 58 cent.

CABAT

(L.)

56 — *Paysage.*

Aquarelle.

Haut., 21 cent.; larg., 38 cent.

CANALETTI

57 — *Portique de palais avec personnages.*

Sépia.

Haut., 44 cent.; larg., 30 cent.

CANALETTI

58 — *Intérieur de fripier.*

Sépia.

Haut., 13 cent.; larg., 18 cent.

CARAVAGE

59 — *Le Christ portant sa croix.*

Sépia.

Haut., 28 cent.; larg., 22 cent.

CHAMPIN

60 — *Paysage; le pêcheur.*

Aquarelle.

Haut., 25 cent.; larg., 38 cent.

CHARDIN

61 — *Portrait du peintre Bachelier.*

Pastel (1793).

Haut., 54 cent.; larg., 46 cent.

CHARLET

62 — *Gardes-Françaises au cabaret.*

Aquarelle.

Haut., 41 cent.; larg., 32 cent.

CLOUET

(JEHANNET, dit)

63 — *Paul de Couhé-Lusignan.*

Dessin rehaussé.

Haut., 23 cent.; larg., 17 cent.

COCHIN

64 — *François Ier. (1515.)*

Dessin au crayon.

Haut., 20 cent.; larg., 16 cent.

COROT

65 — *Jeune Femme s'habillant.*

Dessin au crayon rehaussé de blanc.

Haut., 39 cent.; larg., 27 cent.

COROT

66 — *Sous bois.*

Dessin.

Haut., 31 cent.; larg., 24 cent.

COROT

67 — *Maison de campagne, à Ville-d'Avray.*

Dessin au crayon noir rehaussé de blanc.

Haut., 25 cent.; larg., 32 cent.

CORRÈGE

(ALLEGRI, dit LE)

68 — *Tête d'étude.*

Crayon.

Haut., 34 cent.; larg., 28 cent.

CORRÈGE

69 — *Jugement de Pâris.*

Sépia.

Haut., 30 cent.; larg., 40 cent.

COSYN

70 — *La Partie de cartes.*

Dessin au crayon.

Haut., 36 cent.; larg., 30 cent.

COUTURE

(TH.)

71 — *Tête d'homme.*

Dessin au crayon noir.

Haut., 40 cent., larg., 32 cent.

DAUMIER

72 — *Les Juges.*

Dessin au crayon et à la plume.

Haut., 21 cent.; larg., 22 cent.

DECAMPS

73 — *Joueur de vielle.*

Aquarelle.

Haut., 29 cent.; larg., 23 cent.

DECAMPS

74 — *La Maternité.*

Aquarelle.

Haut., 29 cent., larg., 23 cent.

DECAMPS

75 — *Bachi-Bouzouk à cheval.*

Crayon noir.

Haut., 40 cent.; larg., 60 cent.

DECAMPS

76 — *Paysage d'Orient.*

Crayon.

Haut., 14 cent.; larg., 20 cent.

DELA BELLA

77 — *L'Éducation.*

Dessin à la plume.

Haut., 13 cent.; larg., 18 cent.

DELACROIX

(EUGÈNE)

78 — *Kermesse arabe.*

Aquarelle.

Haut., 42 cent.; larg., 58 cent.

DELACROIX

(EUGÈNE)

79 — *Étude d'éventail.*

Dessin au crayon.

Haut., 14 cent.; larg., 21 cent.

DELACROIX

(EUGÈNE)

(25 fév. 58, à Senny.)

80 — *Cheval.*

Croquis à la plume.

Haut., 12 cent. 1/2.; larg., 20 cent

DELACROIX
(EUGÈNE)

81 — *La Marne, à Joinville.*

Aquarelle.

Haut., 10 cent.; larg., 16 cent.

DELACROIX
(EUGÈNE)

82 — *Arabes au désert.*

Aquarelle.

Haut., 24 cent.; larg., 22 cent.

DELACROIX
(EUGÈNE)

83 — *Tigre en fureur.*

Aquarelle.

Haut., 14 cent.; larg., 21 cent.

DELACROIX

(EUGÈNE)

84 — *Épisode du Dante aux Enfers.*

Dessin au crayon.

Haut., 25 cent. 1/2; larg., 38 cent.

DELAROCHE

(PAUL)

85 — *La Maternité.*

Dessin au crayon.

Haut., 33 cent.; larg., 19 cent. 1/2.

DELAROCHE

(PAUL)

86 — *L'Amour à la veillée.*

Aquarelle.

Rond. Diam., 15 cent.

DEMOUY

87 — *Environs de Rome.*

Encre de Chine.

Haut., 17 cent.; larg., 24 cent.

DORÉ

(GUSTAVE)

88 — *Épisode allégorique de la guerre de 1870.*

Dessin rehaussé de blanc.

Haut., 72 cent.; larg., 98 cent.

DUMOUSTIER

(Attribué à)

89 — *René de Cumont, confident et biographe du prince Henri de Condé.*

Dessin aux trois crayons.

Haut., 23 cent.; larg., 18 cent.

DUPRÉ

(JULES)

90 — *Paysage et Animaux.*

Dessin au crayon noir.

Haut., 59 cent.; larg., 17 cent.

DUPRÉ

(JULES)

91 — *Paysage et Moutons.*

Dessin au crayon noir rehaussé de blanc.

Haut., 15 cent.; larg., 25 cent.

DUPRÉ

(JULES)

92 — *Paysage et Animaux.*

Aquarelle.

Haut., 12 cent.; larg., 20 cent.

DUPRÉ
(JULES)

93 — *Intérieur de ferme.*

Dessin au crayon noir.

Haut., 41 cent.; larg., 46 cent.

DUVAL
(AMAURY)

94 — *Tête de jeune fille. Saint-Jean-de-Luz.*

Dessin.

Haut., 45 cent.; larg., 35 cent.

DYCK
(VAN)

95 — *Tête de seigneur.*

Dessin au crayon.

Haut., 17 cent.; larg., 15 cent.

EISEN

96 — *Cinq dessins.*

FLANDRIN

(HIPPOLYTE)

97 — *Étude pour les peintures de Saint-Vincent-de-Paul.*

Dessin au crayon rouge.

Haut., 29 cent.; larg., 15 cent.

FLERS

98 — *Le Moulin à eau.*

Dessin au crayon noir.

Haut., 31 cent.; larg., 50 cent.

FRAGONARD

99 — *La Fuite en Égypte.*

Sépia.

Haut., 35 cent.; larg., 26 cent.

FRAGONARD

100 — *L'Éducation.*

Sépia.

Haut., 34 cent.; larg., 50 cent.

FRAGONARD

101 — *Paysage.*

Sépia.

Haut., 17 cent.; larg., 24 cent.

FRAGONARD

102 — *Tête d'enfant.*

Dessin au crayon.

Haut., 16 cent. 1/2; larg., 14 cent. 1/2.

FRAGONARD

103 — *Buste de jeune femme.*

Sépia.

Haut., 36 cent.; larg., 28 cent.

FRÈRE

(ED.)

104 — *Les Bucherons; effet d'hiver.*

Aquarelle.

Haut., 29 cent.; larg., 21 cent.

FRÈRE

(ED.)

105 — *La Jeune Cuisinière.*

Aquarelle.

Haut., 29 cent.; larg., 24 cent.

FREUDENBERGER

(S.)

(1770)

106 — *La Rentrée du postillon.*

Aquarelle.

Haut., 20 cent.; larg., 25 cent.

FREUDENBERGER

(S.)

107 — *Le Musicien.*

Aquarelle.

Haut., 20 cent.; larg., 25 cent.

GATEBOIS

108 — *Trois études de paysage.*

Aquarelles.

GAVARNI

109 — *A travers champs.*

Aquarelle.

Haut., 31 cent.; larg., 19 cent.

GAVARNI

110 — *La Folie.*

Dessin aux trois crayons.

Ovale. Haut., 18 cent.; larg., 13 cent.

40

GAVARNI

111 — *La Coquetterie.*

Dessin aux trois crayons.

Haut., 20 cent.; larg., 13 cent.

GELÉE

(CLAUDE, dit LE LORRAIN)

112 — *Paysage et Animaux.*

Sépia.

Haut., 30 cent.; larg., 38 cent.

GELÉE

(CLAUDE, dit LE LORRAIN)

113 — *Paysage animé.*

Dessin rehaussé.

Haut., 19 cent.; larg., 24 cent.

GÉRICAULT

114 — *Études à la plume.*

Haut., 24 cent.; larg., 30 cent.

GÉRICAULT

115 — *Études à la plume.*

Haut., 18 cent.; larg., 25 cent.

GÉRICAULT

116 — *Nègre.* avec lance

Sépia.

Haut., 35 cent.; larg., 25 cent.

puis Beurdeley
1920, V, 167
Paul Sachs

GÉRICAULT

117 — *Sépia.*

Haut., 21 cent.; larg., 35 cent.

GÉRICAULT

(1823)

118 — *Chez le maréchal-ferrant.*

Sépia.

Haut., 18 cent.; larg., 23 cent.

GÉRICAULT

119 — *Étude de têtes.*

Dessin d'après Michel-Ange.

Haut., 35 cent.; larg., 39 cent.

GÉRICAULT

120 — *Tête de femme.*

Dessin d'après Michel-Ange.

Haut., 35 cent.; larg., 28 cent.

GÉRICAULT

121 — *Lanciers.*

Aquarelle.

Haut., 25 cent.; larg., 37 cent.

GÉRICAULT

122 — *Cavalier.*

Aquarelle.

Haut., 15 cent.; larg., 21 cent.

GÉRICAULT

123 — *Cuirassier.*

Aquarelle.

Haut., 27 cent.; larg., 21 cent.

GÉROME

124 — *Tête de femme.*

Dessin au crayon rouge.

Haut., 31 cent.; larg., 22 cent. 1/2.

GILLOT

125 — *Comédie italienne.*

Dessin.

Haut., 16 cent.; larg., 20 cent.

GILLOT

126 — *Un Duel après le bal masqué.*

Dessin à la sanguine.

Haut., 16 cent.; larg., 21 cent.

GILLOT

127 — *Scène de comédie-bouffe.*

Dessin à la sanguine.

Haut., 16 cent.; larg., 21 cent.

GRANDVILLE

128 — *Tout n'est que saltimbanques.*

Dessin à la plume.

Haut., 31 cent.; larg., 40 cent.

GRANDVILLE

(J. J.)

129 — *La Salle d'armes.*

Dessin à la plume.

Haut., 25 cent.; larg., 50 cent.

GRANET

130 — *Sœur de charité.*

Encre de Chine.

Haut., 15 cent.; larg., 22 cent.

GREUZE

131 — *La Malédiction.*

Dessin au crayon.

Haut., 7 cent. 1/2; larg., 9 cent.

GREUZE

132 — *Retour du proscrit.*

Dessin à l'encre de Chine.

Haut., 22 cent.; larg., 36 cent.

GREUZE

133 — *Tête de jeune fille (La Désolation).*

Dessin à la sanguine et au crayon noir.

Haut., 42 cent ; larg., 32 cent.

GREUZE

134 — *La Paye chez le fermier.*

Dessin à l'encre de Chine.

Haut., 25 cent.; larg., 36 cent.

GUARDI

135 — *Le Grand Canal à Venise.*

Aquarelle et dessin.

Haut., 30 cent. 1/2 ; larg., 23 cent.

GUARDI

136 — *Vue de château.*

Sépia.

Haut., 30 cent.; larg., 45 cent.

GUET

(1779)

137 — *Le Retour du marché.*

Dessin aux trois crayons.

Haut., 31 cent. 1/2 ; larg., 46 cent.

GUIAUD

138 — *Paysage.*

Aquarelle.

Haut., 38 cent.; larg., 50 cent.

HÉBERT

139 — *Les Laveuses.*

Aquarelle.

Haut., 8 cent.; larg., 22 cent.

HÉBERT

140 — *Italienne.*

Dessin au crayon noir.

Haut., 34 cent.; larg., 24 cent.

HUET

(J. B.)

141 — *La Danse.*

Dessin à la plume.

Haut., 30 cent.; larg., 22 cent.

HUET

(J. B.)

142 — *Sujet champêtre.*

Dessin à la plume colorié.

Haut., 24 cent.; larg., 31 cent.

HULSWIT

(J.)

143 — *Vue de Zerburg, près Amsterdam.*

Aquarelle.

Haut., 14 cent.; larg., 21 cent.

HULSWIT

(J.)

144 — *Village en Hollande.*

Aquarelle.

Haut., 19 cent.; larg., 29 cent. 1/2.

HUYSUM

(VAN)

145 — *Fleurs.*

Aquarelle.

Haut., 48 cent.; larg., 32 cent.

INGRES

146 — *Entrée de Charles VII à Paris.*

Dessin à la plume.

JACQUE

(CH.)

147 — *La Rentrée du troupeau.*

Dessin au crayon noir rehaussé de blanc.

Haut., 40 cent.; larg., 31 cent.

JACQUE

(CH.)

148 — *La Bergerie.*

Dessin au crayon noir rehaussé.

Haut., 45 cent.; larg., 90 cent.

JORDAENS

149 — *Scène de famille.*

Dessin à la sanguine et au crayon noir.

Haut., 27 cent.; larg., 29 cent.

LAGNEAU OU LANNEAU

150 — *Jean-Pierre Acarie, membre du conseil des Seize pendant la Ligue.*

Dessin aux trois crayons.

Haut., 37 cent.; larg., 28 cent.

LAMI

(EUGÈNE)

151 — *Hussard de la garde.*

Aquarelle.

LAMI

(EUGÈNE)

(1839)

152 — *Trompette à cheval.*

Aquarelle.

Haut., 31 cent.; larg., 25 cent.

LAMI

(EUGÈNE)

153 — *Les Amours du troupier.*

Aquarelle.

LANTARA

154 — *Paysage; clair de lune.*

Dessin au crayon noir.

Cadre ovale. Haut., 36 cent.

LANTARA

155 — *L'Orage.*

Dessin au crayon noir rehaussé de blanc.

Haut., 20 cent.; larg., 25 cent.

LANTARA

156 — *Paysage.*

Dessin au crayon noir.

Haut., 36 cent.; larg., 55 cent.

LATOUR

157 — *Portrait de Mme de Pompadour.*

Pastel.

Haut., 28 cent.; larg., 23 cent.

LATOUR

158 — *Portrait de femme.*

Pastel.

Haut., 28 cent.; larg., 24 cent.

LATOUR

159 — *Tête d'homme.*

Pastel.

Haut., 31 cent.; larg., 25 cent.

LATOUR

160 — *Portrait de femme.*

Pastel.

Haut., 40 cent.; larg., 30 cent.

LAWRENCE

161 — *Tête de jeune femme.*

Crayon rehaussé.

Cadre ovale. Haut., 23 cent.

LEBARBIER

162 — *Départ du pêcheur.*

Dessin au crayon.

Haut., 19 cent.; larg., 14 cent.

LEBARBIER

163 — *Satyre et Dryades.*

Aquarelle.

Cadre rond. Haut., 21 cent.

LEBARBIER

164 — *Dessin au crayon.*

Haut., 20 cent.; larg., 15 cent.

LEBRUN

165 — *Portrait.*

Crayon rehaussé.

Haut., 40 cent.; larg., 30 cent.

LEBRUN

166 — *Composition pour tableau.*

Dessin à la plume.

Haut., 8 cent.; larg., 17 cent.

LEMOINE

167 — *Étude pour plafond.*

Dessin au crayon.

Haut., 29 cent.; larg., 41 cent.

LEMOINE

168 — *Jeune Femme assise.*

Dessin au crayon.

Haut., 48 cent.; larg., 36 cent.

LEPICIÉ

169 — *Jeune Garçon.*

Dessin au crayon.

Haut., 28 cent.; larg., 19 cent.

LEPRINCE

170 — *La Danse.*

Dessin au crayon.

Haut., 27 cent.; larg., 21 cent.

LEPRINCE

171 — *Jeune Femme.*

Dessin au crayon.

Haut., 20 cent.; larg., 16 cent.

MALLET

172 — *Le Jeune Peintre.*

Dessin aux trois crayons.

Haut., 23 cent.; larg., 30 cent. 1/2.

MALLET

173 — *La Tentation.*

Aquarelle.

Haut., 35 cent.; larg., 28 cent.

MALLET

174 — *La Toilette des enfants, scène d'intérieur.*

Aquarelle.

Haut., 31 cent.; larg., 40 cent.

MALLET

175 — *L'Attaque de l'Amour.*

Dessin.

Haut., 26 cent.; larg., 19 cent.

MALLET

176 — *La Visite.*

Aquarelle.

Haut., 31 cent.; larg., 40 cent.

MALLET

177 — *Le Cordial.*

Aquarelle.

Haut., 30 cent.; larg., 23 cent.

MALLET

178 — *Les Jeunes Architectes.*

Aquarelle.

Haut., 26 cent.; larg., 31 cent.

MANTAIGNE

179 — *Sujet religieux, Christ mort.*

Dessin à la plume.

Haut., 16 cent.; larg., 18 cent.

MARTIN

(P.)

180 — *Paysage.*

Aquarelle.

Haut., 13 cent.; larg., 18 cent.

MEISSONIER

(30 juillet 1859).

181 — *Le Fumeur.*

Dessin au crayon.

Haut., 17 cent. 1/2; larg., 12 cent.

MEISSONIER

182 — *Pierre l'Ermite prêchant la croisade.*

Aquarelle.

Haut., 9 cent. 1/2; larg., 14 cent. 1/2.

MEISSONIER

183 — *Les Échevins.*

Aquarelle.

Haut., 8 cent.; larg., 10 cent.

MILLET

(J. B.)

184 — *Le Village.*

Aquarelle.

Haut., 25 cent.; larg., 38 cent

MILLET

(J. B.)

185 — *Le Jardin.*

Aquarelle.

Haut., 11 cent.; larg., 14 cent.

MILLET

(J. F.)

186 — *Gardeuse de chèvres en Auvergne.*

Crayon de couleur.

Haut., 56 cent.; larg., 45 cent.

MILLET

(J. F.)

187 — *Gardeuse de moutons.*

Dessin au crayon noir.

Haut., 35 cent.; larg., 22 cent.

MILLET

(J. F.)

188 — *Femme montée sur un âne.*

Dessin.

Haut., 15 cent.; larg., 23 cent.

MILLET

(J. F.)

189 — *Après la moisson.*

Dessin.

Haut., 14 cent.; larg., 20 cent.

MILLET

(J. F.)

190 — *La Semence.*

Dessin au crayon noir.

Haut., 15 cent.; larg., 21 cent.

MILLET

(J. F.)

191 — *La Récolte.*

Dessin au crayon noir.

Haut., 13 cent.; larg., 20 cent.

MILLET

(J. F.)

192 — *Les Bûcherons.*

Dessin au crayon noir.

Haut., 14 cent. 1/2 ; larg., 21 cent.

MILLET

(J. F.)

193 — *Enfants surpris par des Indiens.*

Dessin au crayon noir.

Haut., 34 cent.; larg., 50 cent.

MILLET

(J. F.)

194 — *Laboureur.*

Dessin à la plume.

Haut., 15 cent.; larg., 10 cent.

MILLET

(J. F.)

195 — *Le Tireur de sables.*

Dessin à l'encre de Chine.

Haut., 18 cent.; larg., 29 cent.

MILLET

(J. F.)

196 — *Le Retour des champs.*

Dessin.

Haut., 37 cent.; larg., 27 cent.

MILLET

(J. F.)

197 — *Retour du bois.*

Dessin à la plume.

Haut., 18 cent.; larg., 16 cent.

MILLET

(J. F.)

198 — *Paysan aux champs et accessoires de labour.*

Dessin à la plume.

Haut., 13 cent.; larg., 19 cent.

MILLET

(J. F.)

199 — *Une Fileuse et deux Jeunes Paysannes.*

Trois dessins à la plume.

MILLET

(J. F.)

200 — *Dessin à la plume.*

Haut., 18 cent.; larg., 12 cent.

MILLET

(J. F.)

201 — *La Fenaison.*

Dessin au crayon noir.

Haut., 16 cent.; larg., 22 cent. 1/2.

MILLET

(J. F.)

202 — *La Rentrée des foins.*

Dessin au crayon noir.

Haut., 14 cent. 1/2; larg., 21 cent.

MILLET

(J. F.)

203 — *Les Vanneurs.*

Dessin au crayon noir.

Haut., 15 cent.; larg., 12 cent. 1/2.

MILLET

(J. F.)

204 — *Étude.*

Dessin au crayon.

Haut., 18 cent.; larg., 15 cent.

MOLINE

205 — *Paysage animé de figures.*

Dessin à la mine de plomb.

Haut., 16 cent.; larg., 20 cent. 1/2.

MONNIER

(H.)

206 — *M. Prudhomme.*

« Oui, Monsieur, si Bonaparte fût resté lieutenant d'artillerie, il serait encore sur le trône.

Caricature à la plume.

Haut., 10 cent.; larg., 12 cent.

MONNIN

(HENRY)

207 — *Tête de vieille femme.*

Dessin au crayon.

Haut., 25 cent.; larg., 19 cent.

MOREAU

(LE JEUNE)

(1774)

208 — *Les Ruines.*

Sépia.

Haut., 26 cent.; larg., 42 cent.

MOREAU

(LE JEUNE)

(1772)

209 — *La Déclaration d'amour.*

Dessin.

Haut., 13 cent.; larg., 9 cent.

MOREAU

(GUSTAVE)

210 — *Le Génie de la musique inspirant le berger Pâris.*

Sépia rehaussée.

Haut., 35 cent.; larg., 28 cent.

MOREAU

(GUSTAVE)

211 — *Héraut d'armes à cheval.*

Aquarelle.

Haut., 28 cent.; larg., 15 cent.

MOUCHERON

212 — *Entrée de forêt; paysage.*

Dessin aux trois crayons.

Haut., 22 cent.; larg., 33 cent.

NATOIRE

213 — *Jeune Femme.*

Dessin au crayon noir rehaussé de blanc.

Haut., 26 cent.; larg., 23 cent.

OSTADE

(AD. VAN)

(Collection Van der Willigen, 1874. — Richmond, 1871.)

214 — *Au seuil de la chaumière.*

Dessin à la plume.

Haut., 18 cent.; larg., 15 cent.

OUDRY

215 — *L'Escalier du parc.*

Dessin au crayon noir rehaussé de blanc.

Haut., 33 cent.; larg., 52 cent.

PARROCEL

216 — *Siège d'une ville.*

Dessin aux trois crayons.

Haut., 35 cent.; larg., 39 cent.

PERINO DEL VAGA

217 — *Le Baptême.*

Sépia.

Haut., 20 cent.; larg., 15 cent.

PERINO DEL VAGA

218 — *Étude de plafond.*

Sépia.

Haut., 15 cent.; larg., 30 cent.

PERINO DEL VAGA

219 — *La Présentation.*

Sépia.

PERRONEAU

220 — *Portrait d'homme, Louis XV.*

Pastel.

Haut., 75 cent.; larg., 58 cent.

PILS

(J.)

221 — *Artilleurs.*

Aquarelle.

Haut., 31 cent.; larg., 45 cent.

PRUD'HON

222 — *L'Amour transi.*

Dessin au crayon.

Haut., 26 cent.; larg., 18 cent.

PRUD'HON

223 — *La Déclaration.*

Dessin rehaussé.

Haut., 12 cent.; larg., 7 cent.

PRUD'HON

224 — *L'Éducation de l'Amour.*

Haut., 25 cent.; larg., 18 cent.

PRUD'HON

225 — *Allégorie. Les Arts et le Commerce.*

Dessin au crayon.

Haut., 7 cent. 1/2 ; larg., 9 cent.

PRUD'HON

226 — *La Musique.*

Dessin au crayon.

Haut., 20 cent.; larg., 10 cent.

PRUD'HON

227 — *Tête de faune.*

Dessin à la plume.

Haut., 9 cent.; larg., 9 cent.

PRUD'HON

228 — *Étude de femme.*

Dessin au crayon.

Haut., 16 cent.; larg., 10 cent.

PRUD'HO

229 — *Petite Fille au chien.*

Crayon rehaussé.

Haut., 12 cent.; larg., 9 cent.

PRUD'HON

230 — *Orphée.*

Dessin au crayon noir.

Haut., 60 cent.; larg., 31 cent.

PRUD'HON

231 — *Tête de jeune femme.*

Dessin.

Haut., 37 cent.; larg., 27 cent.

PRUD'HON

232 — *Copie de Stella.*

Dessin.

Cadre ovale. Haut., 45 cent.; larg., 53 cent.

PRUD'HON

233 — *Tête de jeune fille.*

Dessin.

Haut., 37 cent.; larg., 27 cent.

PRUD'HON

234 — *Tête de satyre.*

Dessin.

Haut., 36 cent.; larg., 23 cent.

PRUD'HON

235 — *Psyché regardant l'Amour endormi.*

Dessin au crayon.

Haut., 28 cent. 1/2; larg., 25 cent.

PRUD'HON

236 — *Psyché essayant de retenir l'Amour.*

Dessin au crayon noir.

Haut., 28 cent. 1/2; larg., 25 cent.

PRUD'HON

237 — *Soldats du premier Empire, sous bois.*

Dessin rehaussé.

Haut., 20 cent.; larg., 27 cent.

PRUD'HON

238 — *Napoléon Ier et ses généraux.*

Dessin rehaussé.

Haut., 27 cent.; larg., 19 cent.

PRUD'HON

239 — *Jeune Femme assise.*

Dessin rehaussé.

Haut., 21 cent.; larg., 24 cent.

PRUD'HON

240 — *Sujet historique. Signature du traité de Tilsitt* (?).

Dessin au crayon rehaussé.

Haut., 36 cent.; larg., 47 cent.

RAFFET

241 — *Assemblée de Russes* (?).

Aquarelle.

Haut., 12 cent.; larg., 1[illegible] cent.

RAFFET

1859

242 — *Arabes à cheval.*

Aquarelle.

Haut., 29 cent.; larg., 21 cent.

REGNAULT

(H.)

(Madrid, 1868)

243 — *Espagnol* (*homme du peuple*).

Aquarelle.

Haut., 45 cent.; larg., 24 cent.

REMBRANDT

244 — *Laissez venir à moi les petits enfants.*

Haut., 18 cent.; larg., 19 cent.

REMBRANDT

245 — *La Charité.*

Sépia.

Haut., 23 cent.; larg., 17 cent.

RIBOT

246 — *Tête de jeune fille.*

Dessin à l'encre de Chine.

Haut., 40 cent.; larg., 25 cent

ROBERT

(HUBERT)

247 — *Intérieur de cour.*

Dessin.

Haut., 34 cent.; larg., 21 cent.

ROBERT

(HUBERT)

248 — *La Visite aux ruines.*

Aquarelle.

Haut., 38 cent.; larg., 30 cent.

ROBERT
(LÉOPOLD)

249 — *Le Chariot de pierre.*

Dessin au crayon.

Haut., 23 cent.; larg., 33 cent.

ROSALBA
(CARRIERA)

250 — *Son portrait.*

Crayon rehaussé.

Haut., 15 cent.; larg., 20 cent.

ROSALBA
(CARRIERA)

251 — *Tête de femme.*

Pastel.

Haut., 53 cent.; larg., 46 cent.

ROSALBA

(CARRIERA)

252 — *Portrait de femme.*

Pastel.

Haut., 53 cent.; larg., 44 cent.

ROUSSEAU

(TH.)

253 — *Forêt de Fontainebleau.*

Paysage. Sépia.

Haut., 19 cent.; larg., 27 cent.

ROUSSEAU

(TH.)

254 — *La Mare.*

Pendant du précédent.
Rehaussé d'encre de Chine.

Haut., 19 cent.; larg., 26 cent.

ROUSSEAU

(TH.)

255 — *La Chaumière.*

Dessin rehaussé de couleurs.

Haut., 30 cent.; larg., 37 cent.

ROUSSEAU

(TH.)

256 — *Paysage.*

Dessin à la plume.

Haut., 9 cent.; larg., 14 cent.

ROUSSEAU

(TH.)

257 — *Intérieur de cour.*

Aquarelle.

Haut., 29 cent.; larg., 20 cent. 1/2.

ROUSSEAU

(TH.)

258 — *Une Ferme au pied des Alpes.*

Dessin à la plume colorié.

Haut., 13 cent.; larg., 18 cent.

ROUSSEAU

(TH.)

259 — *Le Village.*

Dessin au crayon noir rehaussé de blanc.

Haut., 9 cent.; larg., 14 cent.

ROUSSEAU

(TH.)

260 — *Intérieur du château de Chambord; vue du grand escalier.*

Aquarelle.

Haut., 29 cent.; larg., 21 cent. 1/2.

ROUSSEAU

(TH.)

261 — *La Rentrée des champs.*

Dessin à la plume.

Haut., 14 cent.; larg., 17 cent.

ROUSSEAU

(TH.)

262 — *Paysage.*

Dessin à la plume.

Haut., 13 cent.; larg., 20 cent. 1/2.

SALVIATI

263 — *Combat des Horaces et des Curiaces.*

Mentionné dans l'œuvre de Vasari.

Haut., 26 cent.; larg., 36 cent.

SAUGIER

(OCT.)

264 — *A l'affût; sous bois.*

Aquarelle.

Haut., 32 cent.; larg., 24 cent.

SCHEFFER

(A.)

265 — *Le Pardon.*

Dessin.

Haut., 18 cent.; larg., 13 cent.

SCHEFFER

(A.)

266 — *Au chevet d'un mourant.*

Aquarelle.

Haut., 21 cent.; larg., 26 cent.

SWELT

(VAN)

267 — *Paysage animé de figures.*

Dessin à la plume rehaussé.

Cadre ovale de 17 cent.

TASSAERT

268 — *La Jeunesse.*

Crayon noir.

Haut., 40 cent.; larg., 33 cent.

TESSON

(L.)

269 — *Village arabe.*

Aquarelle.

Haut., 16 cent.; larg., 42 cent.

TIEPOLO

270 — *L'Assomption.*

Dessin à l'encre de Chine.

Haut., 38 cent.; larg., 25 cent.

TIEPOLO

271 — *La Vierge et les Anges.*

Sépia.

Haut., 30 cent.; larg., 25 cent.

TIEPOLO

272 — *Descente de croix.*

Sépia.

Haut., 18 cent.; larg., 26 cent.

TIEPOLO

273 — *Sépia.*

Haut., 18 cent.; larg., 24 cent.

TIEPOLO

274 — *Tête d'homme.*

Sépia.

Haut., 27 cent.; larg., 20 cent.

TOURNEMINE

(CH. DE)

275 — *Maison égyptienne sur le bord du Nil.*

Dessin au crayon.

Haut., 25 cent.; larg., 41 cent.

TROYON

276 — *Paysage.*

Dessin aux trois crayons.

Haut., 27 cent.; larg., 44 cent.

TROYON

277 — *Le Moulin.*

Pastel.

Haut., 42 cent.; larg., 34 cent.

TROYON

278 — *Devant la ferme.*

Pastel.

Haut., 40 cent.; larg., 30 cent.

VELDE

(VAN DE)

279 — *Paysage animé de figures.*

Dessin à la plume rehaussé.

Haut., 12 cent. 1/2; larg., 17 cent.

VERNET

(HORACE)

280 — *Tête de dragon.*

Dessin au crayon.

Haut., 20 cent.; larg., 16 cent.

VIGNERON

281 — *Paysage.*

Aquarelle.

Haut., 25 cent.; larg., 18 cent.

VINCKEBOONS

(D.)

282 — *Paysage.*

Aquarelle.

Haut., 19 cent.; larg., 27 cent.

VISSCHER

283 — *Jeune Mère allaitant son enfant.*

Dessin au crayon.

Haut., 28 cent.; larg., 23 cent.

WEENIX

284 — *Gibier et Paysage.*

Dessin à la plume.

Haut., 16 cent.; larg., 22 cent.

WEENIX

285 — *Le Retour de la chasse.*

Dessin à l'encre de Chine.

Haut., 27 cent.; larg., 22 cent

WEST

286 — *Combat naval.*

Dessin à l'encre de Chine.

Haut., 38 cent.; larg., 50 cent.

WILDE

287 — *La Dispute.*

Dessin rehaussé de blanc.

Haut., 45 cent.; larg., 29 cent.

ÉCOLE ALLEMANDE

288 — *La Promenade.*

289 — *La Chasse.*

Deux dessins à la plume.

Cadre ovale. Haut., 23 cent.

ÉCOLE ITALIENNE

290 — *Massacre des Innocents.*

Sanguine.

Haut., 33 cent.; larg., 21 cent.

ÉCOLE FLAMANDE

291 — *La Partie de cartes.*

Gouache.

Haut., 21 cent.; larg., 30 cent.

ÉCOLE FLAMANDE

292 — *Dessin.*

ÉCOLE FRANÇAISE

293 — *Cérès.*

Dessin au crayon.

Haut., 25 cent.; larg., 10 cent. 1/2.

ÉCOLE FRANÇAISE

294 — *Musicien Giotty.*

Aquarelle.

Haut., 26 cent.; larg., 20 cent.

295 — Sous ce numéro seront vendus les dessins qui auraient pu être omis au catalogue.

MINIATURES

296 — Sous ce numéro seront mises en vente plusieurs miniatures : portraits et sujets divers.

www.ingramcontent.com/pod-product-compliance
Ingram Content Group UK Ltd.
Pitfield, Milton Keynes, MK11 3LW, UK
UKHW020925180726
13838UKWH00002B/763